君の唇に
色あせぬ言葉を

阿久 悠

Aku Yu

河出書房新社

君の唇に色あせぬ言葉を † 目次

装画・扉イラスト――橋本由佳

君の唇に色あせぬ言葉を

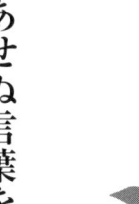

人生

Life

人を愛すること。気遣うこと。労ること。
目を見て話すこと。気配を感じること。
今行うことが三手先でどうなるかを読むこと。
生理的不快を知ること。言葉をタップリと持つこと。
自分の弁護のために相手をおとしめないこと。
声高に正義を語るより、まず日常の正しいことを重んじること。
笑わなくてもいいから微笑むこと。大人になりたがること。
人間は十人十色だと、違う個性に魅かれること。
はじらうこと。照れること。
美意識の窮屈さを合わせ鏡にすること。

『昭和おもちゃ箱』

007
人生

何が美しい、何がカッコいい、何が恥ずかしいか、
この三つの基準だけをしっかり持って照合すれば立派に生きられる。

『日記力』

「あッ」と感じよう。
「あッ」と驚こう。
「あッ」と喜ぼう。
そうすると、人と社会が確実に動く。

『歌謡曲の時代』

010 Life

うれしいと感じない人にありがとうはいえない。
感動がわかない人に感動は伝えられない。
情熱が燃えない人に情熱の表現はあり得ない。

『阿久悠の実戦的作詞講座（下）』

011

人生

人間が守らなければならないのは、
うまく生きる術《すべ》ではなく、
自分の値打ちを正確に評価する感性だ。

『清らかな厭世』

012

Life

人生にとっての絶対的なマイナス要素なんて存在しない。
マイナス要素だと思えることも、かならず、教訓になりうるものなのだ。

『人生は第二志望で成功する』

逆境にあったならば、それを好機に変えて考えてみることがたいせつで、逆境を逆境としてとらえて、不満をいったり、嘆いたりしていては、柔軟性は生まれない。

『人生は第二志望で成功する』

014
Life

同じことをしようとするから不満が起きる。
他人の目で行動を決めるからギクシャクする。

『どうせこの世は猫またぎ』

015
人生

他人のつくったスタイルにのってばかりいては、その長い人生を生きぬいて行くことはできない。
楽しみ方や目的を、自分自身で見つけ出し、ゲームをやりつづけて行かなければ、いきいきと人生を生きることなどできないのだ。

『人生は第二志望で成功する』

016

Life

個性とは奇異で目立つことではなく、
その人の中の最も自然な状態を言います。

『夢を食った男たち』

魅力があるということは、偉大であることよりも、はるかに強烈で、
偉大に対して示し得るあからさまな抵抗や反発も、
魅力の前では道化になる。

『ぼくといとこの甘い生活』

018

Life

世の中の何に反応するかということで、
その人の生き方そのものが表現される。

『日記力』

必要なものと不必要なものとをより分ける知恵を、
どうやってつけるかを考えなければいけない。

『日記力』

019
人生

推理とは謎解きだけではなく、
迷うことを楽しみに変えることでもある。
答えが出ないことに苛立つのではなく、
その謎の深さとつきあうことである。

020
Life

『清らかな厭世』

理不尽の壁があってこそ、新しい文化もエネルギーを持って誕生する。

『清らかな厭世』

022 Life

世の中不公平だ不公平だと、どんな環境にある人も必ずそう言うのだが、結構均《なら》してみると、勘定が合っているものである。

『清らかな厭世』

「ご機嫌」という気分を覚えたら、もっと幸福になれるのに。

『どうせこの世は猫またぎ』

新しいものには宿命的欠点があって、
刺激の強い分だけ飽きがくる。

024
Life

『あこがれ』

たかが詞じゃないか。絵じゃないか。
「たかが」がいっぱいあふれている社会が一番望ましいのだ。

「月刊You」

026

Life

人間は悲しいかな、他人を褒める自分の大きさより、
他人をやっつけることによって自分を大きいと思う方が楽なのである。

『清らかな厭世』

生きていくってことは、
毎日誰かにテストされるってことだ。

027
人生

『凛とした女の子におなりなさい』

傘をさしたスピードで生きてみよう。

『歌謡曲春夏秋冬』

よけいな時間というのがあればあるほど
世の中ってのはおもしろい。

『作詞入門』

029
人生

030
Life

好き好んで窮屈になる必要はないというのも考え方だが、その窮屈さを信じてその通り生きていくことによって、特別の信用を得ていくことは確かである。

『「企み」の仕事術』

誠実は、損することはあっても負けることはない。

「月刊You」

031

人生

032
Life

コミュニケーションの訓練不足は、逆からいうとNOといわれることに慣れていない人間がたくさんいるということを意味する。

『「企み」の仕事術』

言葉を言い換えようとするのは、
罪を認識し実は告白したことなのだ。

『清らかな厭世』

日常会話というのは、ボクシングでいえばジャブである。
ムダなような積み重ねの後、だんだん核心に近づいていくのである。

『作詞入門』

たくさんの言葉を持っていると自分の思うことを充分に伝えられます。
たくさんの言葉を持っていると相手の考えることを正確に理解出来ます。

『生きっぱなしの記』

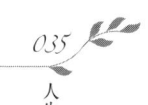

036

Life

友情は芸術に似ている。
それがなくても生きられるが、ない中で生きたことが、
果して生きるといえるかどうか。

『未完青書』

得難い友というのは、仲良くするということではない。
憎悪も含めて、認めるということをいう。

『球心蔵』

037
人生

どういう形でお金を得るかということは、単なる経済行為ではなく、あらゆる生き方に関わって来る。
たとえば、結婚観、家庭観、幸福観、そして、美意識にも影響する。

『恋歌ふたたび』

志を曲げずに済む程度の金が、いちばん値打ちがある。

『清らかな厭世』

040

Life

金儲けは下手だけどあの人は立派な人です、
という言葉がなくなったのはいつからかな。

『球心蔵』

頑張らなくてもいいんだよ、
恥ずかしいことは恥ずかしいこと、
恐いことは恐いこと、
損なことは損なこと、
それで判断しても怠け者じゃないんだよ。

『あこがれ』

042
Life

悲しいというのは、それ自体が生きているということ。

『「企み」の仕事術』

不幸を拒むことは、幸福を拒むことにもなる。

『もどりの春』

生きるってことは野暮なものですよ。
花だって美しい遊びのために咲いているのではなく、
あれしか生きる道のない野暮の極みで、花をやっているのですからね。

『清らかな厭世』

幸福の姿は、単純で当たり前な程説得力がある。

『イブの黙示録』(「マラソンマン」)

夢を持つのはたやすいが、捨てるのは難しい。

『詩小説』

勇気は出遅れるともう出番を失ってしまう。

『ただ時の過ぎゆかぬように』

047

人生

日記には二種類ある。

極端に美人に見せる鏡と、醜く歪んだ鏡にたとえられる。

普通この二つだと、美人に見せる鏡を嘘と云い、歪んだ鏡の方を本心と評価するが、実はどちらも嘘である。


『歌謡曲春夏秋冬』

人間というのは、光を欲すると同様に、
それぞれの大きさに合わせた闇も必要なのである。

『銀幕座　二階最前列』

きれいに清算して死ぬ人なんていやしない。

『銀幕座　二階最前列』

死なんてものは臆病な犬みたいなもので、恐がっている様子を見せると咬みついて来る。また、恐さを隠そうとしてよけいな挑発で強がって見せると、それも見抜かれる。

『恋歌ふたたび』

052 Life

いろんなことが不揃いで襲ってくるのが人生だ。

『ちょっとお先に』

誠実さや情熱や、人間の尊厳には才はいらない。

『恋歌ふたたび』

どこかで諦めて無抵抗に過ごす人生ではなく、
人生のカードを使い切りましょう。

『もどりの春』

人生二毛作という生き方もある。
四十年単位で二度生きる。

055
人生

『時にはざんげの値打ちもある』

いつも本気で、自分を生きる。
そうであれば、どんな時代であれ、輝いて生きて行くことができる。

『人生は第二志望で成功する』

愛

Love

ねえ、必要とされているってこと以上の生き甲斐ってある？

『家族元年』

違うということを理解しましょう。
違うからいいのだと思いましょう。
自分と違うところがあるといって警戒したり、敬遠したり、
苛めたりしないで、違うのが当たり前、
違うところを尊敬したり、愛したりしましょう。

『ラヂオ』

目も、耳も、鼻も、口も、他人をよく理解するためにある。

『家族元年』

062

Love

情熱とは情と熱。
情は人を理解したいと思うやさしさであり、
熱は自分の気持ちを相手に伝えたいと思う誠意である。

「月刊Ｙｏｕ」

人を愛したいと思うことは、
一度自分が半分になることです。
〇・五を自分に残し、
〇・五を相手にあげ、
一・五の相手を好きになることです。

『未完青書』

人間、日頃はどんなにぼんやりしていても構わないけれど、
誰と一緒に生きるかという時だけは、腹をきめて答えを出しなさい。

『家族の晩餐』

人間の出会いは常に思いがけないものであり、それは、一瞬のクロスに過ぎないこともあれば、人生の交錯であることもある。
出会った瞬間に当事者たちは、どちらのケースが待っているかは知らない。

『恋歌ふたたび』

恋愛というのは、うまく行かないことを前提に置いて考えるもので、翻弄され、手酷くふられることにすら恍惚感を覚えられるようでなくては、やってはならない。

『歌謡曲の時代』

うまくやるだけが人生ではないと思いたいから、
慕いつづける恋をすすめる。

『あッ 識捻転』

恋は栄養ではなくヒ素のようなものというのが、
日本人の恋感覚なのである。

『作詞入門』

愛とは、噛んでから舐めるもの。
舐めてから噛むものではない。

『未完青書』

069
愛

070

Love

純情というのは、純真とはすこしちがう。
たとえば、すべての女性に対して顔を赤らめるのではなくて、ひとりの女の子だけに対して、彼女が望むように生きようとすることなのだ。

『人生は第二志望で成功する』

「私」だけでなく「あなた」の存在も必須なのが恋だ。

『清らかな厭世』

072
Love

男と女でいい時間とは、情欲を期待する強迫観念を捨てられる関係をいう。

『絹婚式』

男と女の間で、夢のような組み合わせとか、奇跡のような不釣合というものはめったにない。

大抵似たような世界の似たような境遇の者同士がくっつく。

男のシンデレラも、女のシンデレラも、現実にはないのだ。


『イブの黙示録』(「デス・マッチ」)

「お前さんは自由だよ、勝手だよ、気ままなんだよ」と言われることは、捨てられたと同じ気持ちになることがある。

『愛すべき名歌たち』

華美さよりも儚さの方が、
人間の心を狂わせることを知っている。

『詩小説』

自分を愛し過ぎると他人を見ることを忘れ、社会の迷い子になる。

『清らかな厭世』

現代の無敵の少女たちよ、もっと世の中を恐れよう。恐れよう。

『歌謡曲の時代』

愛情の証明は、小さなことを忘れないでいる記憶力の誠意だ。

『清らかな厭世』

078

Love

やさしさは、
意識しないで刻まれる心のひだであり、
肉体の反応であり、
五官の記憶だ。

『未完青書』

青い鳥は西隣にいた。
しかし、西を向いても見つからない。
東へ東へと旅して三百六十度まわった時、はじめて隣の青い鳥が見つかる。

「月刊Ｙｏｕ」

幸福とは、なかなか結果の見えてこないかったるい作業の積み重ねで、最低でも十年、真実をいうと一生かかる。一生かかって、ふりかえってみて、やっとそうだったと思う種類のことなのである。

『清らかな厭世』

082

Love

父というのは子に対して何をしてやれるかではなく、
どう邪魔しないかが大切だ。

『清らかな厭世』

ようく思い出してごらん。
あなたの家庭に他人を褒める習慣があったかどうか。

『清らかな厭世』

083
愛

話し言葉というのは、強引な伝達や強制ではなく、自分の思いをなるべく誤解なく相手に伝える、願いのようなものである。ドンと押し込むのではなく、ふんわりと胸を叩くように話す。

『彩りの時』

相手に媚びるという意味ではなく、よく思われたい、美しく感じさせたいというものが基本にあってこそ、言葉を磨きたいという気持ちが生まれる。それが発展して文化になっていく。

『「企み」の仕事術』

人間は男であっても女であっても、大人であっても子どもであっても、
心の中に玩具箱を持ちつづけるべきだ。

『なぜか売れなかったぼくの愛しい歌』

人間がいきいきとしたり、きれいになるということは、
自分を反射するものが社会に存在するという、自覚と自意識である。

『恋歌ふたたび』

愛のために愛するのではなく、
愛することが愛である。

『未完青書』

人間はもっと人間らしさを恋しがり、
人間を主張する必要がある。

『歌謡曲春夏秋冬』

人間が好きな人なら詩が書ける。
愛も、恋も、嘆きも、孤独も、怒りも、生き死にも、
人間が好きなことに根ざしたものならば、すべて詩である。

『阿久悠の実戦的作詞講座（上）』

未来

Future

転がれ、転がれ。
転がり続ければ、ある日きっと、地面を離れていることに気がつくはずだ。
翔んでしまえば、羽も生える。

『転がる石』

今日を生きる人間が口にする明日は希望だが、
今日を生きない人間が口にする明日は逃避だ。

「月刊Ｙｏｕ」

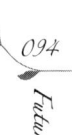

敗れた人たちは勝った人たちよりも多くのことを考える。
敗れた人たちは勝った人たちよりも自分を深く見つめる。
未来にマイナスは何もないのだ。

『ただ時の過ぎゆかぬように』

096

Future

人生を未知と感じ、
おおいに恐れ、
おおいに期待し、
しらけずにつき進む姿を情熱と呼ぶ。

『未完青書』

ぼくは、あらゆる意味で、過去への決別が未来への推進につながると信じている部分がある。
要するに、水泳のターンと同様に、自らの過去をなるべく強く蹴った人間が、出直し部分でたくさん進むということである。

『時にはざんげの値打ちもある』

098

Future

誰かが出した答えに期待をしてはいけない。

『日記力』

今日の中に、
昨日と違うものをいくつ発見出来るかが、
豊かさである。

『どうせこの世は猫またぎ』

挑戦者であることが好きな挑戦者はチャンピオンになれない。
挑戦者で甘んじたくない挑戦者がベルトを手にする。

「月刊Ｙｏｕ」

勇気とは、刀を抜くことではなく、
刀を持たずに居残ることである。

『未完青書』

不安は夢の大きさに比例するものであって、
夢のない人に起こるものではない。

『未完青書』

力と心を信じなさい。

『日記力』

あらかじめアウトプットを決めずに、貪欲に、さまざまなことをインプットして行く。魂の輝きさえ失わなければ、そのうちきっと、風穴のあけ方が見つかることだろう。

『人生は第二志望で成功する』

生きて行くことを、ファンタジーと思いたいのなら、見えない扉を、そのつど緊張と興奮をもってあけて行く人生を選ぶべきである。

『人生は第二志望で成功する』

未来とは、誰かに用意されるものではない。

『球心蔵』

選択肢が無数にあるってそれはまやかし。
選択肢は生きるだけだよ。

『清らかな厭世』

きみも魂には気をつけろ。
こいつはすぐに死ぬからな。

『転がる石』

軽率に興奮しよう。
しかし軽率に終わらせない知恵を持とう。

「月刊Ｙｏｕ」

110

Future

行きたい場所と生きたい時代に真直ぐに向かう。

『もどりの春』

僕らは今、これからどう生きていくかも大切だが、どのような時代に生まれ、どのような時代の中を生き、誰から何を得、誰に何を渡し、存在してきたかということを、もっと確認したほうがいい。

『日記力』

勉強とは、問題でも答えでもなく、
その入口から出口までをどう辿ったかである。

『清らかな厭世』

真面目であることは自分を金縛りにしてしまうが、
不真面目さゆえの気楽さよりは、はるかに未来がある。

『日記力』

やわらかい頭脳と弾力性のある心、そして鋭い目、ワイドな視野が、
日常において、ひきだしをふやしていくのである。

『作詞入門』

計算の達者な人が数学者になれるわけではない。
新しい方程式を考えることのできる人を数学者と呼ぶのである。

『作詞入門』

自分の飢えがわかる人は自分の夢が探せるが、飢えの存在すら気がつかない人は、今いる場所、今与えられた道から外れては生きられない。

『あこがれ』

一つの好奇心は百本の栄養注射に勝る。

「月刊Ｙｏｕ」

自分の理解を最優先するな。
才能とは自分の理解を超えるものなのだ。

「月刊Ｙｏｕ」

無駄と遠回りほど価値あることはないのだ。

『清らかな厭世』

胸を張って下さい。
下を向くと、志が低くなります。

『球心蔵』

人間は常にリレーのランナーで有限の距離を走るものだが、
手ぶらで走ってはいけない。
必ず前走者からバトンを受け取り、次走者に渡さなければならない。

『清らかな厭世』

時代の流れの中で、
自分は何を見るべきかということをつかむこと。

『作詞入門』

時代と本気で会話しろ、とぼくは熱望する。

映画でもいい。音楽でもいい。なんでもいい。

「おまえ、後悔しないだろうな?」と時代にいわせるようなものをつくってほしいのだ。

そして、「後悔するわけない!」と答えられるのなら、最高だ。


『人生は第二志望で成功する』

無責任な拍手喝采よりも、
重々しい無言の反応に価値ありと信じて、
堂々と歩いてほしい。

『転がる石』

仕事

Work

集まろう。仕事をしよう。
でも一人に一つずつ仕事でない心を持ち寄ろう。

「月刊Ｙｏｕ」

「それをやったらおしまいや」と
「それをやらなきゃおしまいや」の
二つを守ってこそ、仕事で生きる値打ちがある。

『ラヂオ』

燃える奴に水をかけるな。
燃えない奴に時間をかけるな。

「月刊Ｙｏｕ」

誰のために働いているか、どうなることが幸運か、
たったこの二つの最低のイメージだけは持っておくべきだ。

『あッ 識捻転』

131

仕事

つまらない仕事でも面白がって工夫すると、
必ず誰かが見ていてくれる。

『清らかな厭世』

最大のプレッシャーが、
最高の潜在能力の開発につながることがままある。

『あッ 識捻転』

自分に経験のない分野や、自分が得意でない分野の仕事がきたら、
逆にそれを面白がるようでなければいけない。

『作詞入門』

本気は抵抗を生み、障害をつくり出すが、
本気は通じるものなのだ。

『阿久悠の実戦的作詞講座（上）』

「相手に届く」というのは、同感でなくてもいい。
反発であってもかまわない。

『作詞入門』

最初から人真似を承知で取り組むのだけはやめたほうがいい。

『日記力』

だれも気がついていないものを、
情報にしてこそ価値があるといえる。

137
仕事

『人生は第二志望で成功する』

物事を見る時、物事を考える時、
必ず裏からも見てみる習慣を身につけよう。

『作詞入門』

何が新しいか、何が流行しているのか、そういった情報をハンティングしているわけではない。
強いていえば、ワクワクする「予感」に対してアンテナを張っている。

『「企み」の仕事術』

頭をやわらかくするということは、見る対象をやわらかくするということ。
固定観念という着物を脱がせ、裸の対象物を見ることだ。

「月刊Ｙｏｕ」

子供の心、大人の腕が、何の矛盾もなく結びつかなければならない。

『おかしなおかしな大誘拐』

ぼくと云うべきところを、
ぼくらと他人をまき込んで云ってはいませんか。

『あッ　識捻転』

何かの評価をする時、
そのものの本質にふれずに「古い」と否定したことはありませんか。

『あッ　識捻転』

折角与えられたチャンスに
「そりゃあ無理ですよ」と云ったことはありませんか。

『あッ　識捻転』

真面目な意見を述べた後で
「なんちゃって」などとお道化たことはありませんか。

『あッ　識捻転』

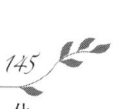

自分の出来ないことを出来る人を
変人扱いしたことはありませんか。

『あッ　識捻転』

問題と答えをワンセットでいくら完璧に記憶しても想像力は生まれない。

『清らかな厭世』

才能は誰にもある。
才能のファイルが少ないだけである。

『未完青書』

大切にされていると見える人が実は捨てられていて、
苛められていると見える人が期待されている。

『球心蔵』

形式というものは、それにしばられている間は実に腹立たしいが、自由に使いこなせるようになると、こんな強力な武器はない。

『作詞入門』

熱望すると軽んじられ、
誠意を示すと愚弄されるのが成功の正体である。

『ちょっとお先に』

サクセスを最短距離で考えず、なるべくウロウロして、自分自身の人間性を大きく広げて行く――こういう迷路のような生き方こそ、遠いようで、実はサクセスへの道を踏みしめているのだ。

『人生は第二志望で成功する』

いつも、好奇心や欲望を失わず、ひとつのところである程度の地位を得ても、それで満足しないようにする——こういう緊張感が、サクセスへつながるたいせつな要素なのだ。

『人生は第二志望で成功する』

時代というものは、見えるようで見えない。
しかし、時代に正対していると、その時代特有のものが何であるか、見えるのではないか。

『日記力』

時代を見るということは
時代のままになるなということなのだ。

『清らかな厭世』

伝統は変えると伝統でなくなるし、変えないと滅ぶ。
変えたことに気づかれずに変えつづけて、初めて守ることになる。

『この人生の並木路』

生きることは働くことは幸福をかちとることは、
常にツーストライクの不利の場で自分がバットを振ることだろう。

『あッ　識捻転』

誰かが喜ぶ。だから、何かを行う。
その精神がすべてのエンターテインメントの根本であるべきだ。

『阿久悠の実戦的作詞講座（下）』

ダンディズム——*Dandyism*

やせがまん。
あり余る現代の中でそれを考えるのも美学かもな。

『凛とした女の子におなりなさい』

タバコとか酒とかの小道具に助けられないピカピカのキザというものは、いつの時代でも必要で、男でも女でも、心の内なる光り物は見つけなければならないだろう。

『歌謡曲の時代』

大胆はいい、荒っぽいのもいい、下手なのもいい。
しかし、感性として無神経なのは困る。

『阿久悠の実戦的作詞講座（上）』

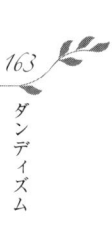

だますよりだまされた方がいい。
しかしだまされて傷つかないほど大きくなることである。

「月刊Ｙｏｕ」

重い荷物がいやなら背負わぬこと。
背負ってしまったら笑って運ぶしかないだろう。

「月刊Ｙｏｕ」

かっこよさとみっともなさは表裏一体で、単にそのときのその人の顔つきとか振る舞い方ひとつで、どっちと見られるかも変わってくる。

『「企み」の仕事術』

酒を飲んで口にすることは、ジェラシーとヒステリーから発したうわさ話だけという貧しさからは少なくとも脱すべきである。

『阿久悠の実戦的作詞講座（上）』

嘘には自分を飾る嘘と、相手を安心させる嘘の二つがある。

『ちょっとお先に』

理由さえあれば、いつだってロマンチックな決意は出来る。
ただし、男は大抵それで身を滅ぼすものだ。

『イブの黙示録』(「デス・マッチ」)

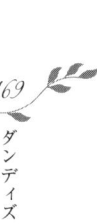

何故？って訊くのはやめにしよう。
何故？って考えるのはつまらないからな。

『ベースボール・パラダイス』

こだわりは滑稽で美しい。

『どうせこの世は猫またぎ』

最初から結果が予測できることはたかが知れている。

『「企み」の仕事術』

金を威張らせてはいけない。

『清らかな厭世』

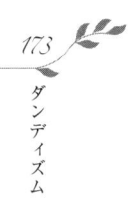

じっとしていれば道に迷わないけれど、
じっとしていれば石になってしまう。

「月刊Ｙｏｕ」

毎年毎年何かが起こる。
その何かを、吹き抜ける風と受けとめるか、
突き刺さるナイフと感じるか、
それは世代の感性なのだ。

『「企み」の仕事術』

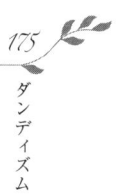

若者はほっといても若者だが、
大人は努力なしでは大人になれない。

『清らかな厭世』

若さに対しての寛容さと、次世代の担い手への敬意は、
大人の最大のマナーである。

『清らかな厭世』

「しつけ」という字は、「躾」と書く。
身と美の組み合わせを「しつけ」と読ませる国に育ったことを、
もっと本気で感謝した方がいいかもしれない。

『彩りの時』

節度というのは、それに触れないことではなく、
積極的に立ち向かいながら、なおかつ、品性を保つこと。

『ぼくといとこの甘い生活』

180

Dandyism

行儀の悪い行為を人間らしいなどと称《たた》えたことはありませんか。

『あッ 識捻転』

損を承知で何かに尽くすのは馬鹿だと軽蔑していませんか。

『あッ　識捻転』

個性派という名の多数派で安心してはいませんか。

『あッ　識捻転』

同年齢の子供としか会話ができない社会になったのはいつからかな。

『球心蔵』

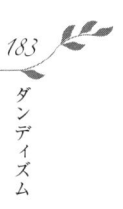

大人ってのはね、会話の中に擬音を使わないものなのだ。

『清らかな厭世』

おぞましい言葉はまず手書きにする。
その醜悪さに驚くから。

『清らかな厭世』

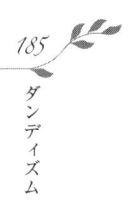

たかが言葉されど言葉。
いやいや言葉は覚悟の諸刃の剣なんだよ。

『清らかな厭世』

人間は人間と群れないだけじゃなく、
時には、習慣と群れないことも大切なんだ。

『イブの黙示録』（「マラソンマン」）

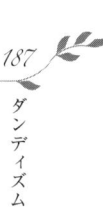

仲良きことは美しいが、
仲良きことはおぞましいも一つの真理である。

『清らかな厭世』

本音をぶつけ合って理解し合える確率は、
そうさな、10％か。

『清らかな厭世』

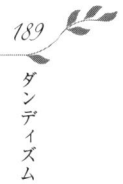

心に受ける痛手というものは、
傷というより、むしろ、あざと呼ぶ方がふさわしいのではないか。

『阿久悠の実戦的作詞講座（下）』

ぼくらは、優しさや、愛でる心や、凛とした誇りや、
こういったものを傷つけないように包み隠して生きている。

『写真集　花謡曲』

ちょっと矛盾したいい方だが、ぼくはいつも、どこかに怒りを持ちながら、ものごとをやさしく見るようにしている。

つまり、社会とか世の中の仕組みとか、そういう大きなものに対しては、いつも怒りを持っているようにする。

けれども、人間に対しては、極端なぐらいやさしい見方をする。

そういう考え方でなければいけない、とぼくは思っている。


『人生は第二志望で成功する』

阿久悠の言葉、父の言葉

深田太郎

家庭での父、阿久悠は往年の人気TV番組『スター誕生！』での審査員のイメージほど饒舌《じょうぜつ》ではなく、どちらかといえば寡黙なタイプだったと思う。とても聞き上手で子供の拙《つたな》い喋りも最後まできちんと聞いてくれる優しさを持った人だった。叱る時も大声で怒鳴ったりはせず、子供の云い分を全部聞いた上で、黙ってジッと目を見つめるような人だった。それはとても怖かった。

幼い頃、父から云われた言葉は「他人の悪口を云うな」「自分がされて嫌な事はするな」だけだったと思う。といっても、十一歳の時伊豆の宇佐美で一緒に暮らすようになるまでは、父は仕事に忙殺されて三〜四ヶ月に一度しか自宅に戻ってこなかったので、日々の細かなコミュニケーションが取れない分、一番シンプルかつ重要な教えを子供に託すしかなかったのかもしれない。それが自分にとってよかったのかどうかはわからないが、幼い頃はとにかく父に云われた唯一の教えを懸命に守ろうとしていたと思う。

多くの著書に残しているのだが、父は他者への揶揄や誹謗、ヒステリーを心から嫌っていた。云い方を変えれば、他人の才能を喜べる人だった。だから異業種の友達も沢山いた。本書には記していないが、かつてある後輩に「きみはきみらしく、されどきみ以上のものを求めて。きみはきみを信じ、されどきみ以外の才も信じて」という実に父らしい言葉を贈っている。

次に父から言葉を掛けられたのはずっとあとの事だった。二十代中頃、ロックバンドでデビューした時に、「仕事は熱が冷める前にやりなさい」「まず自分の身近な人が興奮するような仕事をしなさい」「どんなつまらない仕事でも一生懸命にやれば必ず誰かが見ていてくれるから」といった音楽業界の大先輩としてのアドバイスをくれた。これらの教えは今でも自分の中にしっかりと根付いていると思う。

二〇〇七年八月、父が旅立った。享年七十、自分が四十二歳の時だった。思い返せば会話も少なく、思い出も決して多くない親子関係だった。一緒にいる時は仲はよかったが、魂をぶつけ合うような大事な会話は殆どしなかったと思う。互いに距離を取り「わかったつもり」「わかっているつもり」でいただけだったのかもしれない。狂ったように暑かったあの夏の日、葬儀が終わり独りになってボンヤリとその事を思い、少しだけ後悔した。

それから程なくして、父の東京の仕事部屋で「逆境を好機に変える天才」と丁寧にレタリングされたメモ用紙を見つけた。この言葉は昔から父の著書に頻繁に登場する、いわば父の「祈りの言葉」だった。住んでまだ一年足らずの場所だったのでそう昔に書かれたものではないはずで、六年にも及ぶ闘病生活の末、自身を鼓舞する為に書いたのかと思うと涙が出そうになった。弱音は最後まで家族の前で吐かない人だった。

その時以来、父の著書をもう一度片っ端から読み返すようになった。読んでいて驚いたのは随分と沢山、息子である自分に向けてのメッセージと取れる文章があった事で、口では伝えられなかった事を文章に託していたのかもしれない。まるで手紙の入ったタイムカプセルを開けたようで胸が詰まった。父が何者であるかを探す旅は、結局は自分自身や家族と向き合う事と一緒だった。父との会話がようやく始まった。そう、静かに。

二〇一八年現在、いつしか自分も「人の親」になっていた。父と違って育児を手伝い、日々の生活の煩わしさに疲弊する時もあるが、子供からふと云われる「お父さん、僕結婚出来るのかな」「お父さん、長生きしてよね」等の他愛のない言葉を、かつて自分は父と交わした事があっただろうかと考える。子供にとって一番大事な時期に父親が不在であった事実を、自分の子供との会話の中で噛みしめる。勿論誰も悪くない。悪くないのだ。

だからせめて父が息子に伝えたかったであろう「父の言葉」を著書から探す。父が旅立って十一年、気付けば一〇〇〇近い言葉が集まっていた。そしてある時ふと、父が遺した言葉達が自分だけではなく、他の誰かにも役立つのではないだろうかと思い始めた。阿久悠の言葉である事も父の言葉である事も超え、より多くの人達の胸に響く言葉があるはずだと。そうして一〇〇〇近い言葉は篩《ふるい》にかけて四〇〇まで絞られ、最終的に一七八の言葉が残った。それが本書『君の唇に色あせぬ言葉を』である。表題は父が生前、色紙に好んで書いていた言葉からつけた。「地味な生活、派手な作品」をモットーとする父の警句集にふさわしい、慎ましくも艶やかな言葉だと思う。

本書に収められている言葉の中で気に入っているものをいくつか記したい。「人を愛すること……」(p.7)、「傘をさしたスピードで……」(p.28)、「たくさんの言葉を持っていると……」(p.35)、「いつも本気で……」(p.56)、「ねえ、必要とされているってこと以上の……」(p.59)、「違うということを……」(p.60)、「「私」だけでなく……」(p.71)、「愛情の証明は……」(p.78)、「父というのは……」(p.82)、「愛のために……」(p.88)、「きみも魂には……」(p.108)、「行きたい場所と……」(p.110)、「何故?って訊くのは……」(p.170)、「こだわりは……」(p.171)

どれも今自分が欲している言葉ばかりだ。きっと自分も未だ迷い子なのだろう。

父、阿久悠の言葉が時代を超え、本書を手にした現代を生きる人達の「人生の指針」として役立つ事が出来れば、息子としてこれ以上の喜びはない。何故ならそれは、父の言葉が今も生きている「色あせぬ言葉」である事の証なのだから。本書が多くの人に届く事を願う。

出典一覧

『家族の晩餐』一九八四年　講談社文庫
『恋歌ふたたび』一九九五年　講談社
『銀幕座 一階最前列』一九九六年　講談社
『日記力』二〇〇三年　講談社＋α新書
『清らかな厭世』二〇〇七年　新潮社
『歌謡曲の時代』二〇〇七年　新潮文庫
『家族元年』一九九二年　文藝春秋
『転がる石』二〇〇一年　文藝春秋
『未完青書』一九八一年　集英社文庫
『ぼくといとこの甘い生活』一九八九年　集英社
『おかしなおかしな大誘拐』一九九〇年　集英社文庫
『時にはざんげの値打ちもある』一九八二年　角川文庫
『イブの黙示録』一九八五年　角川文庫
『人生は第二志望で成功する』一九八五年　徳間書店
『詩小説』二〇〇〇年　中央公論新社
『もどりの春』二〇〇一年　中央公論新社
『愛すべき名歌たち』一九九九年　岩波新書
『ただ時の過ぎゆかぬように』二〇〇三年　岩波書店
『作詞入門』二〇〇九年　岩波現代文庫
『ちょっとお先に』一九九六年　河出書房新社
『ベースボール・パラダイス』一九九六年　河出書房新社
『絹婚式』一九九九年　河出文庫
『あこがれ』一九九九年　河出文庫
『球心蔵』一九九九年　河出文庫
『歌謡曲春夏秋冬』二〇〇八年　河出文庫
『なぜか売れなかったぼくの愛しい歌』二〇〇八年　河出文庫
『あッ 識捻転』一九八八年　マガジンハウス
『「企み」の仕事術』二〇〇六年　KKロングセラーズ
『凛とした女の子におなりなさい』二〇〇八年　暮しの手帖社
『この人生の並木路』二〇〇二年　恒文社21
『ラヂオ』二〇〇〇年　日本放送出版協会
『生きっぱなしの記』二〇〇七年　日経ビジネス人文庫
『どうせこの世は猫またぎ』一九八八年　毎日新聞社
『夢を食った男たち』一九九三年　毎日新聞社
『写真集　花謡曲』二〇〇二年　毎日新聞社
『彩りの時』二〇〇七年　毎日新聞社
『昭和おもちゃ箱』二〇〇三年　産経新聞ニュースサービス
『阿久悠の実戦的作詞講座（上）』一九七七年　スポーツニッポン新聞社
『阿久悠の実戦的作詞講座（下）』一九七七年　スポーツニッポン新聞社
「月刊Ｙｏｕ」一九七六年〜一九八〇年　オフィス・トゥー・ワン

阿久悠（あくゆう）
一九三七年、兵庫県淡路島に生まれる。明治大学文学部卒業。作詞家として日本レコード大賞ほか、数々の音楽賞を受賞。「また逢う日まで」「北の宿から」「勝手にしやがれ」「UFO」など、作詞した曲は五千曲以上におよぶ。作家として、一九八二年『殺人狂時代ユリエ』で横溝正史賞、二〇〇〇年『詩小説』で島清恋愛文学賞を受賞。一九九七年、菊池寛賞受賞。一九九九年、紫綬褒章受章。著書として『瀬戸内少年野球団』『無名時代』『愛すべき名歌たち』『生きっぱなしの記』『清らかな厭世』『夢を食った男たち』『歌謡曲春夏秋冬』『作詞入門』『無冠の父』『昭和と歌謡曲と日本人』など多数。二〇〇七年八月、逝去。

君の唇に色あせぬ言葉を

二〇一八年八月二〇日　初版印刷
二〇一八年八月三〇日　初版発行

著　者　阿久悠
装　丁　中島かほる
発行者　小野寺優
発行所　株式会社河出書房新社
〒一五一－〇〇五一
東京都渋谷区千駄ヶ谷二－三二－二
電話　〇三－三四〇四－一二〇一（営業）
　　　〇三－三四〇四－八六一一（編集）
http://www.kawade.co.jp/

組　版　KAWADE DTP WORKS
印　刷　株式会社亨有堂印刷所
製　本　大口製本印刷株式会社

Printed in Japan　ISBN978-4-309-02725-8